GRACIA IGLESIAS (1977) es autora de textos poéticos, narrativos y de crítica de arte publicados por diversas editoriales de España, Inglaterra, México y Japón. Su mayor producción literaria la ha desarrollado para el público infantil, para el que tiene publicados once álbumes ilustrados, una novela, un libro de poesía y más de un centenar de cuentos, pequeñas obras de teatro y poemas para nuevos lectores. Desde 1999, participa activamente en programas de promoción de la lectura, mediante talleres y cursos de creatividad; desde 2008, se dedica profesionalmente a ser actriz y cuentacuentos. Ha sido galardonada en varias ocasiones con premios de poesía infantil.

XIMO ABADÍA nació en 1983 en Alicante, entre naranjos y mar. Desde niño se aficionó a dibujar y leer tebeos y revistas underground. Ha publicado con más de una decena de editoriales nacionales e internacionales, y colabora con revistas y periódicos. En 2016 fue seleccionado para el Catálogo Iberoamericano de Ilustración y entró en la selección White Ravens con *Cuando las vacas flotan*, y en 2017 lo seleccionaron para el Premio Internacional de la Feria de Bolonia. Sin embargo, si Ximo Abadía tuviera que describirse, diría que le gusta la tierra, el desorden, las ceras, las piedras, perderse, su perro, el grafito, las cosas pequeñas, el huerto, ensuciarse y andar descalzo.

Este libro forma parte de la selección de la **Junior Library Guild** (Estados Unidos).

Copyright de los textos: © Gracia Iglesias, 2017
Copyright de las ilustraciones: © Ximo Abadía, 2017

Copyright de esta edición: © Editorial Flamboyant, S. L., 2018

www.editorialflamboyant.com

Corrección de textos: Raúl Alonso Alemany
Diseño gráfico: Noemí Maroto

1.ª edición: febrero de 2018
2.ª edición: junio de 2018

ISBN: 978-84-946815-9-2
DL: B 27575-2017

Impreso en Índice, Barcelona

Con el apoyo del Departamento de Cultura:

Generalitat de Catalunya
**Departament
de Cultura**

No puedo dormir

GRACIA IGLESIAS
XIMO ABADÍA

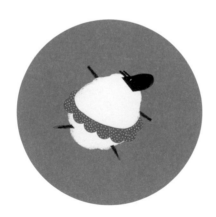

✳ Flamboyant

Cuando me meto en la cama, la habitación se **vuelve grande, y yo,** cada vez más pequeña.

Entonces empiezo a dar vueltas
y vueltas como una croqueta.

¡NO PUEDO DORMIR!

Tendré que contar ovejas.
Unadostrescuatrocincoseis...

No, no, así no sirve de nada.

MÁS DESPACIO.

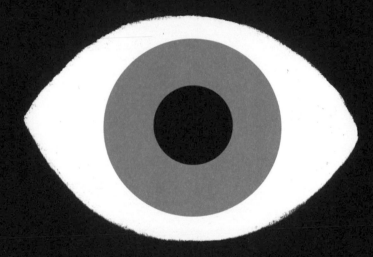

Vamos, va, voy a probar otra vez:

Una...,
  dos...,
    tres...,
      cuatro...,
        cinco...
          ¡Qué tontería! ¡NO SIRVE!

¡NO PUEDO

DORMIR!

A ver...,
respira hondo...

T r a a a n

q u i i i

l a a a .

Otra vez:

Una ovejita blanca sale de entre
las sombras y se pone a pastar

los flecos de la alfombra.

2

Una ovejita **negra** cae

por la chimenea

y se limpia la cara en mi bata nueva.

3

Otra, como una nube, entra por **la ventana**

y salta por encima
de mi cama.

4

Un
corderito
suave, bolita de
algodón, se acuesta hecho
un ovillo debajo del colchón.

5

Un borreguito brinca por la sala de estar,
se sube al armario y se pone a balar.

6

Una oveja *bailarina*
se esconde detrás
de la cortina.

7

Una oveja anciana
y de blanca lana
se mete en la cama
y me canta una nana.

Una oveja de plata como la luna

me abraza,
me arrulla,
me mece,
me acuna.

Un corderito muy muy pequeño

me da un besito...

y me entra el sueño.

10......

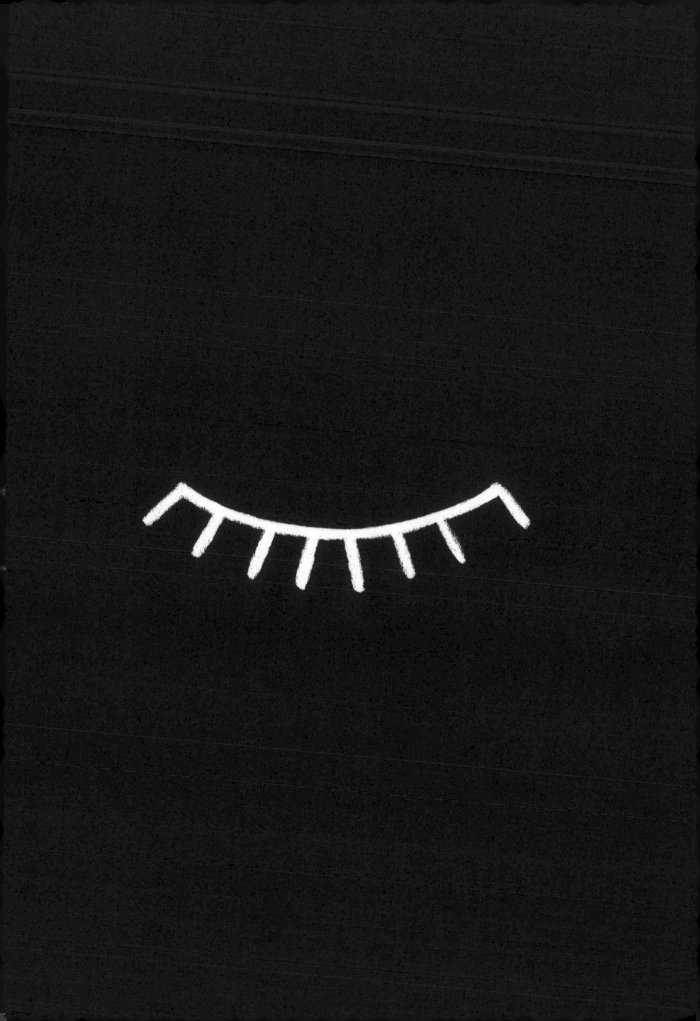

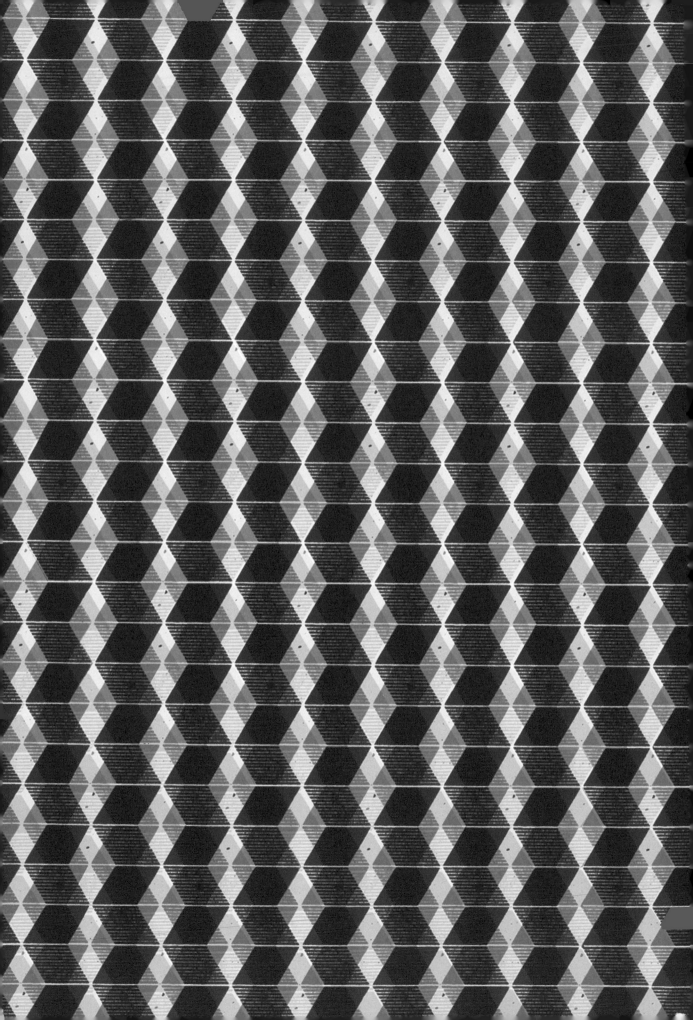